IMPRESSIONS
ET
SOUVENIRS

POÉSIES DIVERSES

PAR

Mᴸᴸᴱ ERNESTINE BIANCHI

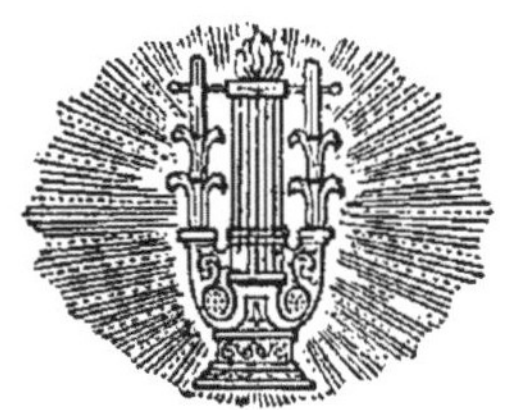

PARIS

LIBRAIRIE DE L. HACHETTE ET Cⁱᵉ

BOULEVARD SAINT-GERMAIN, Nᵒ 77

1865

IMPRESSIONS

ET

SOUVENIRS

IMPRIMERIE GÉNÉRALE DE CH. LAHURE
Rue de Fleurus, 9, à Paris.

IMPRESSIONS

ET

SOUVENIRS

POÉSIES DIVERSES

PAR

Mlle ERNESTINE BIANCHI

PARIS

LIBRAIRIE DE L. HACHETTE ET Cie

BOULEVARD SAINT-GERMAIN, N° 77

1865

DÉDICACE.

A LA MÉMOIRE DE MON PÈRE.

C'est pour remplir le vœu qu'exprima ta tendresse,

Que mon œuvre, cher père, ose affronter le jour;

Privée à tout jamais des soins de ton amour,

Du haut du ciel encor protége ma faiblesse !

Père aimé, qui pour nous as disparu trop tôt,

Quoique riche en savoir, en vertus, en années,

(Moins en brillants destins, en heures fortunées),

Je confie à ton nom ce modeste dépôt.

Puisse ton souvenir l'abriter de son ombre,

Et couvrir ses défauts, hélas! en trop grand nombre.

Mais l'œuvre la plus humble obtient quelque valeur

Quand elle a pour excuse un hommage du cœur;

Et, consacrer ici ces vers à ta mémoire,

Pour ta fille soumise est la plus douce gloire.

1

PLAISIRS ET REGRETS.

Temps si doux, si joyeux, de ma naïve enfance,
De vous revoir, hélas ! pour moi plus d'espérance !
Trop heureux souvenirs, en vous je me complais,
Égayez donc mon cœur, et n'en sortez jamais.
Ils sont passés, ces jours de bonheur et de joie
Qu'au matin de la vie un Dieu lui-même envoie ;
Aurore fraîche et pure au lointain horizon,
Que faiblement sillonne un éclair de raison ;
Où le rire s'éteint quand le sommeil commence,
Où le jeu fait enfuir la peine et la souffrance.
Maintenant, à cet âge appelé le plus beau,
Je regrette déjà celui de mon berceau....

Il me souvient encor de ces vives parties

Où, mêlée aux plaisirs de mes jeunes amies,

J'étais Fernand Cortez, chassant dans la forêt

L'Indien si léger qui fuit et disparaît.

Il portait fièrement, ce tyran des Apaches,

Un feutre où les lilas remplaçaient les panaches,

Croyant dans son orgueil (quel âge n'en a pas ?)

Apporter aux vaincus esclavage ou trépas.

Mais, lasses à la fin d'imiter de nos frères

Les jeux par trop bruyants et les clameurs guerrières,

Nous courions vite alors sous le couvert du bois

Instruire nos enfants et leur dicter des lois.

De la maternité prenant le doux langage,

Mères jeunes encore, empruntant d'un autre âge

La joie et le chagrin, on grondait doucement

Celles que, tour à tour, on berçait tendrement.

Mais de nos compagnons la main audacieuse

Nous cachait nos enfants, dépouille précieuse ;

Nos cris de désespoir soudain retentissaient :

Mais les cruels alors gaîment applaudissaient,

ir force déjà secondant leur adresse,

s volait ces objets d'enfantine tendresse;

uand nos mères enfin, arrêtant les vainqueurs,

Parvenaient, non sans peine, à calmer nos douleurs.

Le soir, tous réunis et la mine éveillée,

Jouant à la sellette, assis sous la feuillée,

On se vengeait alors, par plus d'un mot heureux,

Des méchants, des menteurs, et des plus paresseux.

Ou bien, prenant pour but le haut du belvédère,

Courant, criant, riant, vêtus à la légère,

Une course joyeuse, au gré de ses héros,

Ramenait chacun las à son lit de repos.

Quand je me réveillais, c'était pour rire encore;

Et, dans notre maison, si je voyais éclore

Quelqu'un de ces soucis qu'enfante chaque jour,

Je croyais le bonheur envolé sans retour.

Mais, baisant le front doux et rêveur de ma mère,

L'âme triste, et bientôt libre de sa chimère,

J'oubliais, en courant après maint papillon,

Ce chagrin passager; et notre pavillon
Soudain retentissait de mes chants d'allégresse.

Aujourd'hui, c'en est fait; je le sens, ma tristesse,
Comme un brouillard qui cède aux brises du moment,
Ne se dissipe plus aussi rapidement.
Si, parfois enivrée, une coupe trompeuse
Me présente un breuvage à la douceur menteuse,
Le réveil aussitôt vient détromper mon cœur,
Qui, défiant, craintif, voit quelle est son erreur.
Affections, plaisirs, délices de la vie,
Hélas! vous nous fuyez alors qu'on vous envie.
Mes compagnes d'enfance, ô regrets superflus,
Les unes m'ont quittée, et d'autres.... ne sont plus!
Chaque jour la raison, comme une lueur sombre,
Nous montre ingratitude, injustices sans nombre.
Qui ne regrette alors cet âge bienheureux,
Exempt d'amers soucis, de rêves douloureux;
Lorsqu'après le repos, de sa bouche vermeille
L'enfant sourit au jour, et comme lui s'éveille?

Salut donc et merci, simples et vrais plaisirs

D'un temps qui ne vit plus que dans mes souvenirs !

Oui, je t'aime encor mieux, passé rempli de charmes,

Que ce vague avenir, pour moi si plein d'alarmes.

Age d'illusion, de candide vertu,

Passé, tu souriais; avenir, que dis-tu?

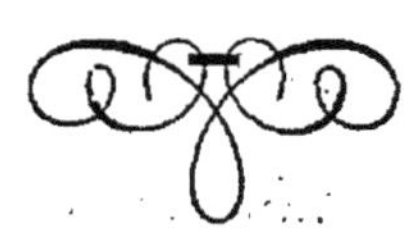

II

LE PRINTEMPS.

La nature aujourd'hui sort de son long sommeil,
Les oiseaux par leurs chants célèbrent son réveil;
Tout n'est qu'ivresse et joie, et les cieux et la terre
Disent ces mots à l'homme : Aime, crois, chante, espère!
Oh! qui ne serait pas rempli de saints transports,
Quand de ces troncs noircis, et qui nous semblaient morts,
Sortent ces verts bourgeons pleins de séve et de vie
Qui rendent l'espérance à notre âme assombrie;
Promesse consolante à notre esprit mortel,
De renaître comme eux dans un monde éternel!

Oui, tout cède à ton charme, admirable nature,
Notre cœur enivré, par toi change et s'épure;

Notre oreille est ravie, et nos sens sont émus.

Ce zéphyr caressant, ces parfums répandus

Dans l'espace azuré, forment une harmonie

Et suave et sacrée, à laquelle est unie

Cette voix bourdonnante aux accents si divers

Qu'on entend près des fleurs à la fin des hivers.

Ah! l'on se sent heureux par ces belles journées

De jouir pleinement des heures fortunées

Que le ciel nous envoie; on respire la paix;

L'amertume en nos cœurs s'efface pour jamais.

Nous le croyons du moins, pauvres enfants des hommes!

Détrompés, nous serons, mais heureux, nous le sommes.

Qu'importe l'avenir? Savourons ces moments,

Imitons de l'oiseau tous les ravissements.

Dieu, que son chant est pur! S'il soupire moins vite

Durant les courtes nuits, au jour il ressuscite,

Et fait entendre alors des sons vibrants et clairs.

Il gazouille et voltige; au doux souffle des airs

Il se laisse bercer, sautant de branche en branche

Sur les mouvants sommets ; ou, prenant sa revanche,

Dans une vie active il se lance soudain

Vers la provision, car ses petits ont faim !

Il faut le voir ainsi combattant sa mollesse,

Accourir aussitôt sur le sable qu'il presse,

Becqueter tour à tour et l'herbe et le gravier,

Songeant à ses enfants qu'il faut rassasier.

Mais ce soin est facile en la saison si belle

Où tout germe à l'instant, croit et se renouvelle ;

Le grain succède aux fruits, l'eau claire des étangs

L'abreuve et le nourrit pendant cet heureux temps.

C'est seulement plus tard, quand reviendra la bise,

Les brumes en cortége à teinte morne et grise,

Que le froid, que la faim se feront ressentir.

En ces jours, pauvre oiseau, tu dois le pressentir,

Tu te verras peut-être enlever par ton frère

Un bien chétif repas, ta ressource dernière.

La souffrance éteint vite un germe de pitié,

Et le cœur ne connaît même plus l'amitié.

L'égoïsme est partout; le malheur, la détresse,
Te rendront isolé, nu, pauvre, sans tendresse,
Plein d'angoisse et frileux; l'inexorable sort
T'enverra des destins bien pires que la mort.
L'existence est sans charme avec tant de misère.
N'aimerais-tu pas mieux, dans un riant parterre,
Sur un rosier fleuri, lançant ton dernier son,
T'endormir résigné, dis-moi, pauvre oisillon?
T'éteindre calme et gai, rempli de douce ivresse,
Écartant de ta vie une amère vieillesse;
Ne serait-ce pas sage et bien moins rigoureux?

Et nous-mêmes, humains, qu'un espoir plus heureux
Console après la tombe, au delà de la vie,
Ne vaudrait-il pas mieux que notre âme asservie
Au joug d'un corps souffrant, s'en délivrât plus tôt,
Pour monter libre et pure aux régions d'en haut,
Où luttes et douleurs se trouvent terminées?
Tant de déceptions nous seraient épargnées!
Mais on tient à la vie et l'on croit au destin.

On pense que le soir, beau comme le matin,

Nous réserve une joie inconnue, ineffable,

Et l'avenir toujours nous paraît désirable;

Sans nous douter jamais que ce vœu sans raison

Va fuir avec les fleurs de la douce saison,

Et la soif de justice en nos âmes placée

Se trouver à chaque heure, à chaque instant froissée.

Ah! je me le demande (est-ce donc une erreur),

Si le terme fatal, attendu sans terreur,

Devançait son instant, et que notre existence

Vît arrêter son cours dans toute sa puissance,

De sourire au départ plutôt que de pleurer?

Est-ce folie en nous, d'aimer à consacrer

Espérance et raison, ces parfums de jeunesse,

A ces derniers moments de trouble et de faiblesse?

De vouloir, avec foi dans le bonheur d'hier,

Mourir en son printemps, sans voir naître l'hiver!

III

VILLERVILLE-SUR-MER.

ÉTÉ.

Doux nid d'oiseau caché dans le feuillage,

Frais Villerville aux réduits embaumés,

Qu'il égayait, ton séduisant bocage,

Mes yeux charmés !

Combien j'aimais, en oubliant les heures,

Et, pressant l'herbe au bord de tes ruisseaux,

Compter de loin tes rustiques demeures

Sur les coteaux;

Et regarder dans la vaste prairie

Les gais ébats du troupeau mugissant,

Qui, libre et fier, plein d'ardeur et de vie,
S'en va paissant.

Puis, en suivant la route accidentée,
Ravir sans peine à la charmille en fleur
Tendre liane au hasard arrêtée,
Douce faveur !

Mais j'aperçois une chapelle antique :
C'est Criquebœuf et son toit ébranlé.
Le lierre y grimpe, et sur le vieux portique
S'est enroulé.

Murs dentelés, silhoüette élégante,
Dans l'étang clair, au soleil reluisaient.
Jadis les morts sur le talus en pente
Se reposaient.

Tertre ou gazon maintenant ne recouvre
Qu'os dispersés, sans tombes et sans croix.

Des souvenirs auxquels mon âme s'ouvre
J'entends la voix.

Près de la source où l'eau coule discrète,
Arrêtons-nous dans ces lieux révérés,
Pour y songer aux mânes qu'on regrette,
Restes sacrés !

Comme partout, la mort et l'existence
Semblent lutter, surgir à tout moment ;
Calme et repos, mêlés à l'inconstance
Du mouvement.

Tout près, en face, égayant notre oreille
Le moulin tourne au courant du ruisseau ;
Et, dans la ferme, un jeune coq s'éveille,
Et fait le beau.

Mais, traversant la campagne fertile,
Je vais gravir les montueux sentiers,

Menant à l'ombre, et jusque vers Trouville,
Sous les pommiers.

Là, je respire avec ivresse et joie
Cet air si vif imprégné de senteurs,
Et je m'étends sous le bouleau qui ploie
Parmi les fleurs.

J'admire alors sur la verte fougère
Ces pleurs brillants par l'aurore oubliés,
Et qui bientôt sous la brise légère
Sont essuyés.

Sur cette côte et jusque sous l'ombrage
Parvient un bruit sourd et majestueux.
Est-ce le vent, écartant le feuillage
Mystérieux ?

Non, c'est la mer qui murmure et qui gronde
Près des rochers, sur la falaise, en bas ;

Son froid abîme où jaillit l'eau profonde
S'ouvre à deux pas.

Et ce spectacle imposant, grandiose,
Vient, jusqu'au val paisible et verdoyant,
Où le regard immobile repose,
Se déployant.

Il s'élargit, cet horizon splendide ;
Et, comme un point qui nous semble glisser,
La voile blanche en sa fuite rapide
Va s'éclipser.

Notre œil contemple avec respect et crainte
De l'océan le calme et les fureurs,
Qui, sans pitié, n'écoutent nulle plainte :
Pauvres pêcheurs !

Comme ils s'en vont avec insouciance
Livrer leur vie au caprice des flots ;

Et tant de fois, la barque qui s'élance
    Sert de tombeaux !

C'est que, chacun sans crainte de l'orage,
Pense au repos que rien ne peut troubler,
Chez eux la foi, leur unique héritage,
    Sait consoler.

Aussi le vœu le plus cher à leurs âmes,
Est que leurs corps, dans l'onde ballottés,
Sur le rivage à la fin, par les lames,
    Soient apportés.

Pour qu'au village, au lieu de leur naissance,
Ils dorment tous, bien abrités du vent,
Près de l'église où, pendant leur absence,
    On priait tant !

L'ambition, chez ces hommes candides,
N'a point de but et ne porte aucun fruit ;

Leur dévoûment sur les vagues perfides
    Passe sans bruit.

Mais Dieu, qui veut d'une éternelle gloire
Récompenser les efforts courageux,
Leur donne entrée au temple de mémoire
    Sous d'autres cieux.

Le cœur rempli d'une sainte croyance,
Ne dois-je pas comme eux savoir livrer
Mon avenir à la Toute-Puissance,
    Pour espérer?

Oh! oui, Seigneur, devant cette nature
Que tu nous fis si riche de splendeurs,
Comment nourrir un doute qui murmure
    De tes rigueurs!

Tout en ce jour doit chasser la tristesse,
Le ciel est pur, et le flot azuré

Sous le rayon si chaud qui le caresse
S'est diapré.

Il faut te fuir, belle et riante plage !
Mais je remporte un souvenir joyeux
Des doux instants passés près du rivage,
Si plantureux.

Mon cœur aspire, ô fraîche Normandie,
A retrouver tes sites enchanteurs,
Et tes bosquets, séjour digne d'envie
Pour les rêveurs !

IV

FONTAINEBLEAU.

AUTOMNE.

Fontainebleau! séjour de tant de rois,

Quels souvenirs évoqués à la fois

Viennent charmer les heures du touriste

Qui peut errer dans ton palais désert,

Et dans ton parc, sous le sombre couvert

Des pins du nord dont l'ombrage persiste!

C'est ton emblème; et le temps rigoureux

Fait ressortir les traits majestueux

Du rêve émouvant qui subsiste.

Plus d'une image ici n'a pu vieillir,

Qui vient soudain nous faire tressaillir;

Et, se montrant à l'esprit jeune et belle,

Réveille en nous les songes du passé.

Fantômes vains dont le règne a cessé,

Mais qui, de loin dans leur gloire immortelle,

Pour l'avenir puissamment éclairés,

Sauront toujours, nobles et révérés,

    Braver des ans la faux cruelle.

Je crois revoir, sous ces lambris si beaux,

La cour brillante et les nobles héros

Qui dans l'histoire ont pris si large place.

Visage fier dont l'aspect nous saisit ;

Ombre touchante et qui nous attendrit ;

Tableau qui change et se montre et s'efface.

Que ces vieux murs ont connu de secrets,

Et pénétré de terribles projets,

    Accomplis sans laisser de trace !

Sur ces riches plafonds, l'héroïsme et l'amour

Ont marqué leur passage en l'antique séjour ;

Là, brille le croissant près de la salamandre,

Assemblage bizarre et fait pour nous surprendre.

Non loin de la chapelle où le plus saint des rois

Courbait son front sacré par tant de hauts exploits,

Sous la porte dorée, une fresque admirable

Ranime, en se jouant, les scènes de la fable ;

Les magiques couleurs nous font tout accepter.

Chaque règne à son tour s'est vu représenter.

Par son peintre fameux ; ces vastes galeries,

Sous d'immortels pinceaux se sont vite embellies.

Comme en les parcourant, nos yeux émerveillés

Admirent la splendeur des siècles écoulés,

Ornés de tant de noms, riches sous tant de formes !

Que n'ont pas abrité ces gigantesques ormes

Longeant la grande allée aux portes du palais ?

Le sévère Sully, le joyeux Béarnais,

Tinrent jadis conseil sous leurs rameaux sans nombre.

Au milieu de l'étang qui réflète leur ombre,

On voit le pavillon pittoresque, isolé,

Refuge trop discret, de mystère voilé,
Où la mort de Biron fut un soir résolue.
Plus d'une page ici jamais ne sera lue !
Partout l'histoire abonde en faits mystérieux,
Drames sanglants semés de détails curieux ;
Et la mort, d'un seul geste, a réduit au silence
Le témoin dont alors on craignait la présence.
Mais l'énigme toujours et son vague soupçon
A nos rêves hardis offrent ample moisson ;
Nous voudrions saisir cette pensée intime,
Par des charmes nouveaux ranimer la victime,
Dispersée en poussière au fond de son tombeau.

Ainsi, dans le miroir transparent de cette eau,
Je vois se réfléchir les attraits d'une reine,
En des jours de terreur immolée à la haine.
Ah ! fuyez loin de moi, tableaux navrants, affreux !
Ici je veux la voir dans les moments heureux
De sa belle jeunesse, où, de tous admirée,
Elle était de sa cour l'idole préférée ;

Quand, fière de sa grâce et de son noble port,

Elle marchait tranquille auprès du sombre bord,

Sans prévoir les écueils, portant haut sa couronne:

Mais le tocsin fatal pour elle déjà sonne :

C'en est fait et du trône et de la fleur de lis,

Le peuple ose porter la hache sur Louis !

Le calme enfin succède à cette aveugle rage,

Voici venir des jours de gloire et de courage :

Sous un sceptre plus ferme, un autre souverain

Tient les peuples nombreux qu'a su vaincre sa main.

Pendant près de seize ans la fortune soumise

Seconde tous ses plans et semble être conquise ;

Mais la brillante étoile en laquelle il eut foi

Délaisse son génie et méconnaît sa loi.

Des plus cruels revers on entend vibrer l'heure ;

Il lui faudra quitter sa superbe demeure !

Mais il rassemble encor ses anciens compagnons,

Ceux-là dont son grand cœur conservera les noms.

Accourus à sa voix, ces débris des batailles,

Ces vaillants escadrons, invincibles murailles,
Se rangent en silence étouffant leurs sanglots.
Lui, du noble étendard embrasse les lambeaux;
Et, trouvant de ces mots dont tous ont la mémoire,
Qui les électrisaient aux jours de la victoire,
Il retrace à leurs yeux, et leurs combats passés
Et les mille périls ensemble traversés.
Sa grande âme de bronze elle-même est émue,
Quand sur l'aigle française il attache la vue....
Puis, brillant météore, il disparaît aux yeux,
Abandonne l'empire et la cour des Adieux!

Tristement je m'éloigne. Hélas! le temps moissonne
Les plus beaux souvenirs que la gloire couronne;
L'histoire a ses débris comme les monuments.
Détournons nos regards de ces déchirements!
La nature elle seule au moins se renouvelle;
Radieuse beauté, sa jeunesse éternelle
Peut braver les efforts, les outrages des ans,
Car son déclin est beau comme est beau son printemps.

Paraissant insensible à toutes nos alarmes,

Elle tarit souvent la source de nos larmes;

Son frais et pur aspect calme nos passions.

Toujours sereine au bruit du choc des nations,

Elle domine au loin désastres et décombres,

Les recouvre de fleurs et nous les rend moins sombres.

Rayonnante et parée au sortir du sommeil;

Est-il pour les humains plus séduisant réveil?

Salut donc, sois bénie, ô forêt séculaire

Qui m'offres ta retraite immense et solitaire!

J'y pénètre, et bientôt des sites merveilleux

Dans leur grandeur sauvage, éblouissent mes yeux;

Et partout, sous mes pas, mille feuilles brillantes,

Que l'automne revêt de couleurs éclatantes,

Scintillent au soleil comme autant de rubis.

Mais, foulant ces trésors sous mes pieds, je gravis

Le montueux chemin qui découpe la roche;

Atteignant son plateau, de Franchard je m'approche.

L'ermitage est désert, et l'antique manoir

N'entend plus résonner le grave chant du soir.

Qu'il était bien choisi, ce lieu morne et sévère

Pour ces fils du silence à la pensée austère,

Qui ne voyaient jamais, dans leur vaste horizon,

Fumer un toit de chaume en la froide saison !

Partout la solitude autour de leur asile,

Le ciel et les grands bois, et la roche stérile.

Je m'avance, et plus loin sous le taillis épais

J'admire ces géants, monarques des forêts,

Dont les troncs vermoulus, défiant les tempêtes,

Virent tomber parfois leurs gigantesques têtes ;

Et le chêne du Roi, l'antique Pharamond,

Découronnés ainsi, tous deux courbent le front.

Leurs agrestes débris et leurs bras immobiles,

Reproduits chaque jour par des crayons habiles,

Sont pour les amateurs des images sans prix,

Et viennent enrichir notre Louvre à Paris.

Mais je reprends ma course, et la gorge profonde

Qui ressemble au chaos des premiers ans du monde,

Se présente à ma vue.... Ah! quels leviers puissants
Entassèrent en bloc ces rochers menaçants?
De l'aveugle hasard serait-ce donc l'ouvrage?
Non, Dieu les y posa comme un léger nuage.
Ce bouleversement nous montre son pouvoir,
Cet océan de grès nous rappelle un devoir :
Se soumettre, espérer, croire à la Providence.

Dans le val d'Apremont je montais en silence
Le ravin escarpé qui mène à son plateau :
Quel coup d'œil enchanteur présente ce tableau !
On embrasse de là, bois, campagnes et plaines,
Où le soleil répand ses clartés incertaines.
Que l'âme se complaît en ces prismes flottants;
Qu'il est doux de rêver ici quelques instants!...
Déjà le jour baissait; une ombre vaporeuse
Planait de tous côtés, calme et mystérieuse;
Heure vague, indécise, et qui n'est pas la nuit,
Mais le dernier adieu du rayon qui s'enfuit.
Alors tu m'apparus, poétique vallée

De la Solle ! A mes pieds, séduisante, voilée,

Dans un fond chargé d'or, tes rameaux éclaircis

Ondulaient sous la brise en des tons adoucis.

Ces merveilles, hélas ! vont bientôt disparaître ;

Mais au prochain printemps elles sauront renaître.

C'en est fait à présent, je les quitte à regret,

L'obscurité partout envahit la forêt.

Ses hôtes gracieux font craquer l'herbe sèche,

Je les vois bondissants, passer comme la flèche ;

Et cerfs, biches et daims, faisant trêve à leur peur,

Prennent leurs gais ébats, sans crainte du chasseur.

M'abusé-je pourtant..... là-bas je crois entendre

Ces sons vibrants et doux que le cor seul peut rendre ;

Puis la meute aboyer, et les chevaux hennir,

Un cortége nombreux vers moi semble venir ;

J'écoute : je crois voir à travers les futaies

Cavalcade royale escalader les haies,

Et de joyeuses voix causer, rire, chanter.

Est-ce toi, bon Henri, que viennent escorter

Ces pages, ces seigneurs en si brillante suite?

Ou bien est-ce ton fils, cherchant à mettre en fuite

Sa tristesse sans cause, invisible tyran?

Serait-ce enfin ta cour, pompeux Louis le Grand,

Lasse de dissiper le souci qui te ronge?

Mais non ! tout a cessé : ce n'était qu'un vain songe,

Le vent qui gémissait au sommet des grands bois.

La tombe garde encor ses fantômes de rois;

La forêt que jadis animait leur présence,

Jusqu'à l'aube prochaine est livrée au silence.

V

VISITE A UNE TOMBE.

Non loin de la forêt, on voit le saint enclos

Où s'endorment les morts dans l'éternel repos.

Une tombe y reçut autrefois mon aïeule.

Mais vers ce lieu sacré je ne marche pas seule :

Ma mère m'accompagne, et ce devoir pieux

A nos cœurs réunis semble moins douloureux.

Nous saluons bientôt la suprême demeure

Que choisit notre mère avant sa dernière heure.

Ses vœux sont exaucés et ses restes en paix

Dans sa chère cité sommeillent à jamais.

Comme un doux souvenir de sa froide patrie,

Ces bois étaient pour elle une image chérie.

A l'ombre maintenant d'un haut sapin du nord,

Sa barque pour toujours a su trouver le port.

Nos larmes en silence arrosent cette terre,

Et notre âme tout bas murmure une prière :

« Toi qui portas si bien, et sus faire chérir

Le beau nom des Lancy, daigne encore bénir

Ici tes chers enfants; fais qu'arrivés au terme

Du périlleux chemin, leur pas soit toujours ferme.

Qu'une sainte croyance, en rassurant leurs cœurs,

Leur donne d'accepter la coupe des douleurs.

Qu'aussi la charité soit leur plus douce gloire;

Que les mêmes regrets consacrent leur mémoire! »

Fontainebleau, 27 octobre 1860.

VI

LA JEUNE FILLE ET LE NUAGE.

Dans son vallon, la jeune Lise
Au pied d'un chêne était assise,
Et regardait fuir tristement
Une nuée au firmament.
« Las! beau nuage, disait-elle,
Ainsi que la vive hirondelle,
Tu cours vers de lointains pays
Chercher un ciel aux doux souris :
Mais moi, dans l'étroite vallée
Où je rêve tout éveillée,
Je verrai de mes tristes jours
Passer le monotone cours!

Dans mon hameau toujours captive,

Les yeux fixés sur l'autre rive,

Pour moi nul horizon nouveau,

Rien que ma tombe.... et mon berceau !

De langueurs s'épuise ma vie ;

Mais, brûlant d'une folle envie,

Mon cœur, je le sens, renaîtrait,

Si d'une aile prompte il volait

Vers ces séduisantes contrées

Que baignent les vagues dorées.

Où le flot, dit-on, cristal pur,

Reflète un ciel au vif azur.

Pourtant, mes compagnes joyeuses

Sont de leur sort insoucieuses ;

Aussi, je leur cache mes pleurs,

Comprendraient-elles mes douleurs ?

Sais-je bien pourquoi le vain songe

D'une chimère ainsi me ronge ?

Éloignez-vous, cruels désirs,

Et que de plus humbles plaisirs

Mon âme avide se contente !

Mais je lutte en vain sur la pente,

Trop dure est la réalité;

Mes rêves sont la liberté.

Avec eux seuls, franchissant la distance,

Sur un coursier rapide je m'élance,

Et je vais voir écumer les torrents

Ou de la mer se briser les courants.

D'aspects plus doux aussi mon œil s'enivre,

Ah ! c'est ainsi qu'il ferait bon de vivre!

Pour reposer, l'ombre de la forêt,

Et repartir dès que l'aube renaît.

Des pics neigeux descendre dans la plaine

Où se déploie une paisible scène;

Bondir sans cesse, au gré de son penchant,

Du nord au sud, de l'aurore au couchant;

Sentir frémir les feuilles sur sa tête

Et succéder le calme à la tempête,

Nourrir enfin, et son âme et ses yeux

De ce qui charme au loin sous d'autres cieux.

Vivants trésors donnés par la nature,

Vous n'excitez qu'une émotion pure ;

Mais comme, après ces rêves de bonheur,

Tombe plus lourd le présent sur mon cœur !

Autour de moi, tout disparaît, s'efface,

Déjà la bise est froide comme glace !

Lise frissonne, et son œil plein d'ardeur

Devient humide et voilé de langueur ;

Comme une fleur qui penche vers la terre,

Elle regagne à pas lents sa chaumière.

Le nuage avait fui vers de plus chauds climats ;

Quand il revint plus tard, l'hiver et ses frimats

Avaient tout dévasté !... Solitaire, le chêne

Étend ses noirs rameaux où le vent se déchaîne.

A l'ombre, on ne voit plus l'enfant aux blonds cheveux,

Qui, le front tout pensif, interrogeait les cieux.

Qu'est-elle devenue? Où retrouver sa trace?...
A quelques pas plus loin, la bise enlève et chasse
La neige sur un tertre en un blanc tourbillon,
Et l'on peut, d'une vierge, y lire le doux nom.

Dieu l'avait exaucée; au printemps de son âge,
Elle avait accompli le plus lointain voyage;
Tarissant à jamais la source de ses pleurs,
Il l'avait appelée aux célestes splendeurs!

VII

LES ÉTOILES.

Oh ! dis-le moi, nuit transparente et belle,
Si chaque étoile au doux rayonnement
N'est pas une âme éprouvée et fidèle
Ayant quitté le terrestre élément?
Dans leur éclat, qui miroite et scintille,
Je crois revoir plus d'un regard aimé,
Comme un bel œil qui s'anime et qui brille.
Pourtant la mort l'a pour jamais fermé !
Mais, si là-haut est le dernier refuge
Que Dieu promit à l'espoir des mortels,
Dans sa bonté, notre souverain juge
Permet peut-être aux heureux immortels

De suivre encor, du cœur, de la pensée,
Les êtres chers qui luttent ici-bas,
Et dont la route à l'avance tracée
Les conduit tous au terme des combats.

L'ambitieux aussi cherche une étoile,
Brillant emblème et de gloire et de bruit;
Mais il la veut plus mondaine, sans voile,
Astre du jour bien plus que de la nuit.
La mienne, hélas! ne peut oser prétendre
A des succès si vains, mais si flatteurs;
Pâle, craintive, elle n'oserait prendre
Qu'une humble place aux célestes hauteurs.
Fais, ô mon Dieu, que modeste, ignorée,
Se dérobant à tout faste orgueilleux,
Elle accomplisse une tâche sacrée
Et soit fidèle à tes lois, à ses vœux.
Puis, qu'elle passe; et, sans trouble, sans larmes,
De cette terre en un monde meilleur,
Où l'on n'a plus de regrets ni d'alarmes,

Guide son vol, ô puissant Protecteur !

Veillez sur elle, ô vous, saintes phalanges,

Pour qu'à son heure, au séjour éternel,

Où l'on entend l'Alléluia des anges,

Ma faible étoile éclaire aussi le ciel !

VIII

LA FLEUR FUNESTE.

HISTOIRE VRAIE.

La nuit est déjà loin, et les brumes légères,

Pour offrir aux regards les splendeurs plus altières

De l'astre éblouissant, s'effacent au lointain :

Puis, déchirant ce voile, immobile, incertain,

L'orbe apparaît immense en sa lueur sinistre;

D'un funèbre incendie il semble le ministre.

Mais bientôt il s'élance, et ses brûlants rayons,

Adoucissant leurs feux, inondent les vallons.

L'oiseau reprend son vol, tout renaît et s'éveille.

Seule peut-être alors la rivière sommeille;

Glacée, elle s'étend jusqu'au fleuve prochain,

Et la mouche trompée y vient prendre son bain.

Le poisson aux aguets, joyeux de sa méprise,

Tombe sur la pauvrette, aussitôt elle est prise.

Insectes et mortels commencent leurs ébats,

Et vont reprendre aussi leurs éternels combats.

J'ai parlé des humains; mais la rive est déserte,

Aucun pas n'a foulé cette herbe humide et verte.

Attendons : voici l'heure où le gai carillon

Va tracer dans les airs un rapide sillon :

La cloche a retenti; bientôt du sanctuaire

La porte sur ses gonds a gémi solitaire.

Qui vient prier si tôt? Est-ce une épouse en deuil?

Non, mais c'est une mère arrivant sur le seuil.

Ah! je veux la dépeindre, elle est si jeune et belle!

L'ange a seul le regard limpide et doux comme elle.

Son noble et chaste front, sous ses beaux cheveux noirs

Semblerait d'une reine attester les pouvoirs,

S'il n'eût porté, plus sage, un humble diadème,

Symbole virginal, bel et touchant emblème.

Entr'ouverte en priant, sa lèvre de corail
Nous laisse apercevoir ses dents au pur émail.
Qu'elle est charmante ainsi, la paupière baissée,
Foulant d'un pas discret l'herbe à peine froissée
Qui se penche un instant! Comme une jeune fleur
Elle aspire l'air frais, la vie et le bonheur.
Elle aime, elle est aimée, elle est heureuse et mère,
Ah! que faut-il de plus à l'âme passagère,
Sur la terre d'exil, de regrets, de douleurs,
Où tout naît dans les cris, et finit dans les pleurs?
C'est pour ce tendre enfant qu'elle aime et qu'elle allaite
Que son cœur a cherché le calme et la retraite,
Afin que, sa prière, en montant jusqu'aux cieux,
Puisse obtenir pour lui le sort le plus heureux!

Près de ces bords fleuris où la vague murmure
Elle arrive pourtant,... ah! fuis cette verdure,
Du plaisir qui séduit tel est l'attrait menteur;
Ton fils peut-être un jour connaîtra son erreur.
Mais elle n'entend point ces lointaines alarmes.

Du repos qui la tente, enfin, goûtant les charmes,

Sur le perfide bord, assise elle rêvait;

Chaque mère comprend ce qui la captivait.

Cet enfant, qu'en ses bras endort une caresse,

Plus d'un écueil l'attend ! Qu'importe, sans faiblesse,

Il suivra le chemin qui conduit à l'honneur,

Et sa mère, d'orgueil sent tressaillir son cœur.

Enfin, il aimera; plus tard, époux et père,

Tous ses enfants à lui, la nommeront grand'mère.

Dans ces tableaux voit-elle, à ses yeux réfléchis,

Son front un jour ridé, ses noirs cheveux blanchis ?

Non, car elle sourit, contemplant son image

Dans l'onde qui lui cache et l'avenir et l'âge !

Mais son enfant a soif, ses cris vont retentir :

Relevée aussitôt, elle est prête à partir.

Son regard, à l'instant, voit sur l'eau balancée

Une brillante fleur sur sa tige élancée;

L'odeur en est suave, et ses vives couleurs

Des beaux yeux de son fils pourront sécher les pleurs.

Sa main veut la saisir, se penche vers l'abîme,

La serre et la retient..... O flot, quel est ton crime !

Dans un piége enchanteur tu ne la fis tomber

Que pour mieux la séduire et la voir succomber !

La tige en se rompant a dû quitter la rive,

Et la femme et la fleur s'en vont à la dérive.....

En vain elle résiste, elle a touché l'écueil,

Qui sourd à tous les cris se referme en cercueil.

Ses jours sont donc finis, car son cœur et sa tête,

Déjà ne pensent plus ; le sang glacé s'arrête ;

Tous ces charmes empreints de jeunesse et d'amour

Disparaissent, hélas ! sans espoir de retour !

C'en est fait, ce rayon de pure et douce flamme

Qu'on admirait chez elle et qui se nomme l'âme,

Attrait divin, sublime, à jamais regretté,

Ne luira plus pour nous que dans l'éternité !

Nul cri d'alarme au loin n'a troublé le silence ;

Déjà l'onde a repris sa calme transparence.

Seule, elle aura péri sans aide et sans secours,

Elle, au cœur généreux, à tous ouvert toujours ;

Et l'écho du vallon, à cette heure dernière,

Aura seul entendu sa mourante prière !

En ce fatal instant son regard éploré

Sans doute aura pu voir plus d'un être adoré ;

A ses fils orphelins, au tendre époux qu'elle aime

Sans doute elle aura dit, hélas ! l'adieu suprême....

Car sa bouche, fermée au souffle de la mort,

Semble encor leur sourire, en pleurant sur leur sort !

Longtemps elle est traînée, au gré du flot qui roule.

Pourtant le jour s'avance, et l'heure en vain s'écoule,

Heure lente et cruelle aux malheureux parents,

Inquiets, agités de pensers déchirants.

Soudain en leur esprit, quelle horrible lumière !

Pleins de ce doute affreux, volant à la rivière,

Ils l'appellent partout, nulle voix ne répond,

Mais on arrive enfin aux débris d'un vieux pont :

Là, que voit l'œil hagard ? Sous l'arche froide et sombre

Celle qu'ils aiment tant semble dormir à l'ombre ;

Par sa robe flottante elle est rivée au port,

Et repose avant eux dans les bras de la mort!

Oh! quelle est leur douleur, et comment la dépeindre?

Ils ne peuvent parler, ils ne peuvent se plaindre,

Un muet désespoir oppresse trop leur cœur;

Ils douteraient encor de leur cruel malheur,

Sans la forme si pure et si tôt moissonnée

Gisant pâle et sans vie, et sous leurs pas traînée.

Semblable au lis brisé qu'on retire des eaux,

Elle penche la tête, et ses beaux yeux sont clos.

Mais que tient donc si fort sa main, sa main glacée?

La fleur de son trépas, contre son sein pressée!

IX

LA FÉE DU LOGIS.

A MADEMOISELLE J. B.

Je connais une fée aimable et toute bonne,
Au logis qu'elle habite et qu'elle rend heureux,
Nul front en la voyant ne reste soucieux;
Aux cœurs découragés l'espérance elle donne.

Ah! son savoir est grand! Par ses soins la douleur
Se calme, se dissipe, et sa main blanche et douce
Sait répandre son baume et sans bruit ni secousse;
Mais le parfum souvent trahit modeste fleur.

Si vous saviez comment, laborieuse fille,
Ses gracieux travaux prennent forme soudain !

Ne remettant jamais sa tâche au lendemain,
Ne laissant que la nuit reposer son aiguille.

Enfin, pour égayer les longs instants du soir,
En flots harmonieux, sur un clavier sonore,
Ses doigts légers, brillants, se promènent encore;
Viennent charmer l'oreille et ranimer l'espoir.

L'ordre règne partout dans ce logis qu'elle aime;
Et, rangeant, fredonnant, on la voit tout le jour,
Despote qu'on chérit, dont la loi n'est qu'amour,
Pour les peines d'autrui s'oubliant elle-même.

Vous direz : une fée a-t-elle des soucis?
Quoi, sans pitié, voit-on le seuil que l'on protége;
Lorsque l'inquiétude ou le chagrin l'assiége,
N'en faut-il pas chasser ces hôtes mal appris?

Que vous connaissez peu ma trop sensible fée!
Elle n'est pas du siècle égoïste et menteur,

Qui promet vainement secours à la douleur;

Non, des plaintes, la sienne est la seule étouffée.

Elle accepte gaîment, d'un front serein et doux,

La part que fit pour elle un destin trop sévère;

Et jamais sa vertu n'en demeura plus fière.

Cette gentille fée.... oui Juliette, c'est vous !

X

SOUVENIR DE CHEVREUSE.

A MADEMOISELLE C. A.

Vous m'oubliez, je crois, blonde et vive Clémence,

Chère ingrate, et mon cœur auprès de vous s'élance;

Que je voudrais savoir en ces mêmes instants

Comment vous employez chaque jour votre temps !

Quel chef-d'œuvre nouveau sous vos doigts vient d'éclore,

Ou bien, si dans vos bois, vous admirez encore

Le soleil s'infiltrant dans les taillis épars,

Du plus beau des étés, hélas ! derniers regards.

Je n'ai pas oublié l'excursion joyeuse

Que je fis avec vous dans la vallée ombreuse

De Port-Royal des champs; cet heureux souvenir

Qui me charme l'esprit n'est pas près de finir.

Non, la fleur qu'on aima peut bien être effeuillée,
On en garde l'odeur ; et, pure et distillée,
On la porte avec soi pour la miéux respirer.
Doux parfum cher à l'âme, en moi tu sais durer !

Oui, je te remercie, ô mémoire fidèle
Qui rends à mes désirs jouissance nouvelle,
Par toi je goûte encor douce hospitalité
Près du seuil qu'à regret, en partant, j'ai quitté !
Je voyais fuir alors les peupliers, la plaine,
Et puis tes vieux créneaux, fort de la Madeleine,
Que le lierre ou la mousse étreint de toutes parts.
Qu'ils plaisaient à mes yeux, tes antiques remparts,
Où l'avant-veille encor, demoiselles errantes,
Nous cherchions aventure auprès des tours croulantes,
Sans rencontrer un seul de ces preux chevaliers
Qui portaient haut le front sous leurs brillants cimiers,
Défenseurs si courtois des orphelins, des dames !...
Une chèvre broutant, fut ce que nous trouvâmes !
Mais le château, les bois déserts étaient à nous.

De quels rires joyeux, vous en souvenez-vous?

Fîmes-nous retentir les échos solitaires,

Courant de gauche à droite, et cueillant des bruyères,

Et plus tard, vers le soir, cet imposant aspect

De Port-Royal détruit sans pitié ni respect!

Ces tombes qu'en un jour le glaive a profanées,

L'herbe grandit auprès de leurs croix ruinées !

Parmi tous ces débris, nous glanons quelques fleurs;

Puis on te dit adieu, retraite des penseurs!

Vers l'antique maison enfin l'on s'achemine,

Et gaiment la soirée ensemble se termine.

Près de la pièce d'eau, le lendemain matin,

On me vit immobile, et tenant ligne en main.

La pêche ne fut pas, j'en conviens, fructueuse;

Mainte carpe mordit, et disparut moqueuse.

Mais du moins je n'eus pas de remords trop cuisants.

Un seul goujon périt à la fleur de ses ans !

A midi le soleil inonde la montagne,

Et vite nous allons nous remettre en campagne.

Grimpant, non sans causer, nous gagnons Méridon,

Où le mur lézardé repousse l'éperon :

Là, dans la vieille enceinte où le mûrier sauvage

Nous dérobe du temps le sourd et lent ravage,

Nous faisons une halte en un site enchanteur,

Oubliant la fatigue et l'ardente chaleur ;

Car on vous écoutait réciter en silence

Les vers que vous disiez si bien, chère Clémence !

Vous sachant, pour les miens, indulgente à l'excès,

J'ose donc vous livrer ces trop faibles essais ;

Nouveaux-nés que créa ma plume solitaire,

Et qui, tout frais éclos, veulent quitter leur mère.

Mais je vous les confie, ah ! soyez leur soutien,

Et pour ces imprudents je ne craindrai plus rien.

Avant de vous quitter, je veux vous dire encore

Que dans notre jardin feuille verte se dore ;

Que tout en savourant les fraîches voluptés,

Doux présents de l'automne au déclin des étés,

Je pense que le sort, pour nous, serait bien triste,

Si, comme le rameau qui jamais ne résiste,
Il nous fallait quitter, au retour des hivers,
L'âme sœur de la nôtre, et les êtres si chers,
Qui, nés sous même ciel, eurent même existence.

Arbre, c'est ton destin! Tu dois pleurer l'absence,
Oui, pendant six longs mois, de tes tendres bourgeons,
Et dépouillé, gémir au bruit des aquilons.

Pour nous la destinée est bien moins rigoureuse,
Près de ceux qu'on chérit, l'âme n'est plus frileuse!
Cette saison revient qui va nous réunir,
La séparation est tout près de finir;
N'allons-nous pas revoir la ville hospitalière,
Ce superbe Paris, immense fourmilière?
Rentrons-y donc ensemble, et puisse le printemps
Trouver nos cœurs toujours et soumis et contents!

Que les tendres baisers par lesquels je termine
Viennent vous rappeler votre amie Ernestine.

Châtillon, octobre 1861.

XI

ADIEU

A MADEMOISELLE H....

Ainsi vous souhaitez qu'en vers je vous répète

Ce triste mot d'adieu, qu'en s'éloignant on jette

Comme un dernier regret à ceux que l'on chérit?

Votre élève ici même, à l'instant, obéit.

Ah! si je possédais la baguette enchantée

Autrefois si puissante, à présent regrettée :

Vous transportant bien loin d'un signe de la main,

Je changerais pour vous les arrêts du destin.

Ensemble nous irions comme deux bons génies

Fonder sous d'autres cieux nouvelles colonies,

Et dans notre royaume, on verrait à jamais

S'établir le bonheur, la justice et la paix.

Dans ce séjour béni, riante solitude

Inviterait chacun aux loisirs de l'étude ;

Le murmure argentin des limpides ruisseaux

Dans les bois s'unirait au doux chant des oiseaux ;

Enfin de l'âge d'or ce serait le beau rêve !

Mais vainement l'esprit et voyage et s'élève ;

Ici-bas, il nous faut de la réalité

Subir à chaque instant le joug si redouté ;

Voir les plus chers projets demeurer impossibles,

Et ressentant la peine, y paraître insensibles !

Oui, tout en gémissant sur le triste abandon

Dans lequel vous restez, je dois fuir Châtillon.

Je ne conserve, hélas ! comme autrefois Pandore,

Que ce bien qui nous trompe et qu'on appelle encore ;

Et si vous l'acceptez, ce trop fragile espoir,

Je ne vous dirai plus, adieu, mais : au revoir !

XII

LE JOUR DE L'AN.

Jour de fête et de bruit adoré de l'enfance,

Oh ! combien ton retour, de plaisir, d'espérance,

A cet âge innocent nous fait battre le cœur,

Dont aucun froid calcul ne peut changer l'humeur !

Aussi dès le matin, quand la vive fanfare

Vient troubler en sursaut le paresseux, l'avare

(Importune aux fâcheux qui maudissent le sort

Et craignent d'alléger le poids du coffre-fort),

Notre oreille ravie aime ce gai vacarme,

Comme un signal heureux, toujours rempli de charme.

Et qu'alors on sait bien se passer de soleil

Quand l'espoir du bonheur luit à notre réveil !

Sautant vite du lit, plein de fiévreuse joie,

On court de chambre en chambre apporter des souhaits,

Recevoir des baisers; l'âme entière se noie

Dans une ivresse pure. Ah ! bon Dieu, si jamais

Ne finissait pour nous un tel jour d'allégresse !

Mais ce n'est rien encor, les étrennes, plus tard,

Alors bien autrement, vont nous mettre en liesse.

Déjà les grands parents nous semblent en retard :

Ils arrivent, portant leur généreuse dîme !

On s'embrasse, on s'exclame, on dit son compliment,

Et la surprise enfin en cris bruyants s'exprime !

Qu'on a bien deviné le désir du moment !

Chacun est satisfait : le berceau pour la fille

Et le sabre au garçon, qui tout fier, l'arme au bras,

Passe à l'inspection de l'heureuse famille;

Puis le soir au dessert, que de joyeux hourras !...

C'est pour le premier âge ! Encor quelques années

Et mainte jeune fille alors en soupirant,

Remercîra le Ciel; si vite sont fanées

Les fleurs qu'il faut cueillir ainsi tout en courant !

Plus pesamment encor le vieillard sur sa tête

Sent bien qu'un an de plus est comme un an de moins.

Le regret ici-bas trouble plus d'une fête ;

Mais quel souci ne passe avec de tendres soins ?

Heureux qui te connaît, ô douce vie intime,

Par toi seule on oublie et la neige et l'hiver.

Malheur à l'homme seul ! Son foyer que ranime

Un être indifférent, est plus sombre qu'hier.

Par ces éclats joyeux, il en sent mieux le vide.

Morose, misanthrope, et recherchant le bruit,

De son logis désert, il sort d'un pas rapide,

Comme pour échapper au démon qui le suit.

Dans son trouble il s'élance au sein de la cohue :

Trouve-t-il ce qu'il cherche en parcourant la rue ?

Tel visage a gardé la froide impression

De ces vœux du matin qui font bourse légère ;

Souvent plus d'un tribut tourne à l'oppression :

Aussi maint élégant porte d'un front sévère,

Tous les ardeaux coquets dont ses bras sont chargés.

Plus loin, mon promeneur, s'il n'est pas égoïste,

Verra de ces regards mornes, découragés,

Où se lit la misère, hélas ! que nul n'assiste.

Pour cet homme affamé, tout le luxe abondant

Des livres, des joyaux, n'a rien qui le séduise,

Mais avide il contemple, avec quel œil ardent !

Ce qui satisferait sa sourde convoitise.

C'est le besoin brutal dans toute sa rigueur :

Mal vêtu, frissonnant, comme il se représente

Ces salles de festin à la douce chaleur,

Où le bien-être encor par l'élégance augmente !

Peut-il croire jamais que, sous ces toits heureux,

Se glissent les chagrins, les soucis, l'amertume ?

De leur court jugement plaignons les malheureux.

Oui, nous tous savons bien que la douleur consume

Souvent l'homme qui vit sous des lambris dorés ;

Qu'on y verse des pleurs que l'or jamais n'essuie,

Qu'on regrette partout des êtres adorés ;

Et qu'alors le rayon si vif de la bougie

Fait trop briller le lustre admiré du passant;

Car il désigne aux yeux la place de l'absent,

Et change en jour de deuil l'heureux anniversaire !

Le riche a tout perdu, sauf l'amour du chrétien.

Ne lui reste-t-il pas d'exercer sur la terre

Le pouvoir de Dieu même en répandant le bien;

La main pleine toujours, de combler de largesses

Ceux qui pour héritage eurent la pauvreté ?

Afin que ce beau jour, remplissant ses promesses

Leur offre son banquet pour eux seuls apprêté ?

Mais s'il nous est ravi, cet ambitieux rôle,

Comme un rare trésor, placé trop haut pour nous,

Échappant à nos doigts, fuyant notre contrôle;

Ah ! nous voulons le croire, un jour des cieux plus doux

Pour les infortunés, rayonnant sur le monde,

Ni plaintes ni soupirs n'y seront entendus.

Un baume y guérissant leur blessure profonde,

Chacun retrouvera tous ses bonheurs perdus.

Notre flâneur peut-être, aussi, pense à ces choses,

Et, comprenant la tâche assignée ici-bas

Aux mortels plus heureux, on voit ses yeux moroses

Tout à coup ranimés : en étendant le bras,

Il glisse vivement pièce brillante et jaune,

Dans une main tendue où se lit l'abandon.

Tout novice dans l'art de répandre l'aumône,

Sa bourse est bientôt vide après ce large don ;

Mais son cœur ne l'est plus. Comme dans sa pensée

La trace de l'ennui s'est soudain effacée !

Se plaindrait-il du sort, quand d'un pied tout meurtri

Le pauvre abandonné cherche en vain un abri ?

L'image du devoir s'éveille à cette vue,

Et la paix de son âme au rêveur est rendue.

Oui, des biens de ce monde il comprend la valeur,

C'est par eux qu'il a pu soulager le malheur.

Satisfait de l'emploi qu'il fit de sa journée,

Légère chansonnette est par lui fredonnée.

Il rentre en son logis qu'il aime maintenant,

Où la flamme petille ; et, prodige étonnant,

Il n'y dîne plus seul, croyant voir à sa table
Du pauvre secouru l'ombre moins misérable.
Notre bienfait pour nous jamais ne fut perdu ;
Comme un parfum sacré, plus il est répandu,
Mieux il charme nos sens, embaumant l'atmosphère.
La solitude même en deviendra plus chère.

Puisse, dans ce récit, parfois tel vieux garçon,
Que l'ennui fait gémir, trouver une leçon !

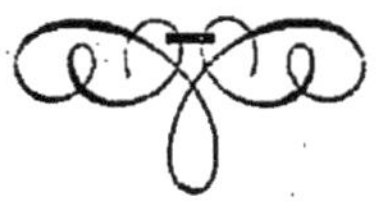

XIII

LE SAMEDI MATIN.

A VEULES-SUR-MER.

La brume se dissipe, et, sur les verts coteaux

Où l'astre aux rayons d'or aspire la rosée,

Joyeux viennent s'ébattre et génisses et veaux.

Leur mère plus tranquille, à l'allure posée,

L'œil humide, sur eux fixé languissamment,

Fait entendre parfois un long mugissement.

Puis la poule pondeuse, au bruyant caquetage

Mêle sa note aiguë à l'agreste concert.

De ses flots écumeux arrosant le rivage,

La mer gronde, s'étend, et l'a bientôt couvert.

Sur son lit de cailloux, l'eau pure et cristalline

De l'étroite rivière accourt en murmurant,

L'heureux canard s'y baigne, et l'agite en l'ouvrant.

Elle arrive au moulin pour broyer la farine ;

Et la roue, en tournant, fait passer un frisson

Qui ride sa surface et penche le cresson.

Seuls, les bruits de la ferme et ceux de la nature

Parviennent à troubler le silence et la paix

Qui règnent au village ; un air salin et frais,

De son souffle attiédi caresse la verdure.

Les arbres et les fleurs s'inclinent doucement,

Tout respire le calme et le recueillement.

Mais déjà l'heure avance ; au clocher de l'église,

D'un ton grêle, plaintif, l'horloge retentit.

Du mouvement alors on peut voir la reprise :

De lointains sons de voix, qui jasent avec bruit,

Vont en se répondant ; et bientôt sur la place,

Rempli jusques aux bords, roule le char à banc.

Car c'est jour de marché ! Chacun passe et repasse,

On ouvre les paniers couverts de linge blanc.

Le trafic s'établit; l'un vante sa volaille,

L'autre ses œufs, son beurre; on marchande, on débat,

De tous côtés le prix; on dispute, on criaille,

Et la gent emplumée augmente le sabat.

Sous l'abri de l'auvent, l'étoffe se déploie,

Mainte jeune fermière, oublieuse du temps,

S'y choisit à grand'peine un tablier de soie.

Les gamins curieux, sans souci de leurs dents,

Gambadent alentour, croquant des pommes vertes;

Mais le meunier les chasse en déchargeant son blé.

De légumes, plus loin, les planches sont couvertes.

Derrière son comptoir, carrément attablé,

Déployant d'un air fier sa large corpulence,

Le boucher au teint frais cherche à placer ses os;

Et selon son humeur, des poids de sa balance

Se plaint la ménagère, ou rit de ses propos.

De toutes parts enfin, le commerce, la vie,

Remplacent le silence et la paix du matin,

Et la réalité fait fuir la poésie.

Le jour qui se consacre aux recettes du gain

Se poursuit et s'achève ; alors, quand vient la brune,

Autour des pots de cidre à l'auberge servis,

Marchandes et marchands vont compter leur fortune ;

Puis le cheval s'attèle, et les voilà partis.

Tout redevient désert, et la lune sereine

De ses pâles rayons dessine les arceaux

Du rustique marché ; plus loin brillent les flots,

La mer résonne seule et règne en souveraine.

Veules, septembre 1862.

XIV

A MES AMIES.

O vous qui jouissez des plaisirs de mon âge,

Dont jeunesse et beauté sont l'aimable partage,

Confidentes toujours des peines, du bonheur,

Commun épanchement qui soulage notre âme :

Hélas ! savez-vous bien qu'un jour nos yeux de flamme

Pâliront sous les ans, et que cette fraîcheur

Qui plaît tant au regard, aujourd'hui si vantée,

Avec tous nos attraits, sera vite emportée ?

Cette amère pensée, on voudrait bien la fuir ;

Mais non, le vrai courage accepte sa fortune.

Eh, qu'importe après tout une même infortune,

Si le ciel nous conserve encor dans l'avenir

La tendre affection, dont l'éclat seul durable

Nous rajeunit le cœur, qu'il rend toujours aimable ?

Alors, quelle douceur à causer du passé;

Comme ensemble on sourit des succès de jeunesse!

L'une à l'autre rappelle, et cela sans tristesse,

Cette main blanche et fine, ou ce port cadencé,

Ou bien ce pied mignon, cette taille élégante;

Chacune à ces portraits se croit jeune et fringante!

Heureuse illusion, dont les esprits railleurs

Se moqueront disant : « Voyez ces bonnes vieilles

Qui parlent du vieux temps! Quoi, c'étaient des merveilles! »

Mais votre tour aussi viendra, mes beaux diseurs;

Souhaitez comme nous, au déclin de la vie,

De conserver encor douce philosophie,

De savoir retrouver dans un frais souvenir

Le bonheur, les beaux jours, surtout cette fidèle

Et vivante amitié, qui rend l'âme plus belle.

Mes compagnes que j'aime, avant que d'en finir,

Fasse que le destin, au complet, nous rassemble!

Car on ne vieillit pas lorsqu'on vieillit ensemble.

XV

ENVOI.

A MADEMOISELLE H. R.

Te souvient-il encor, chère et tendre compagne,

De ce jour déjà loin, où seules toutes deux

Nous suivions, en causant, l'ombre du chemin creux,

Goûtant la paix qui règne au sein de la campagne?

Nos cœurs parlaient tout haut, et notre affection

Rendit commune alors la même impression.

Il m'est doux aujourd'hui que semblables pensées,

Comme un cher souvenir puissent t'être adressées !

A toi qui, sans relâche occupant tes instants,

T'exerces chaque jour en efforts persistants

Pour soulager le pauvre; à toi mon humble hommage !

Sur ton âme s'il plane à présent un nuage,

Mon Henriette aimée ; hélas ! de la douleur

C'est que le voile noir oppresse encor ton cœur.

Mais, si la conscience en nous est toujours pure,

Notre peine en devient moins pesante et moins dure.

Laisse glisser en toi ces rayons bienfaisants,

Qui luisent pour sécher nos pleurs les plus cuisants.

Dieu veut que nous gardions jusque dans nos tristesses

Comme un reflet béni de ses riches promesses ;

Il permet à nos yeux les larmes, tu le sais ;

Seul, l'éternel chagrin, le désespoir, jamais !

Songe bien, qu'au ciel même, il est une ombre chère,

Pour laquelle ton deuil est une peine amère.

Certes, ne craignant pas indifférence, oubli,

Tout effort résigné par elle est accueilli,

Comme une lutte sainte, un noble sacrifice.

Oui, son vœu le plus cher est que le temps guérisse

Tes regrets, ta blessure, et qu'en ton pauvre cœur

Renaisse l'espérance, et plus tard le bonheur !

L'existence qu'un père a lui-même donnée,

Il veut la voir heureuse et non infortunée.

Par amour pour l'absent, et d'autres êtres chers,

Que ton regard enfin, moins triste, nous réponde !

Dieu bénira cette œuvre ; et la rendra féconde,

Semblable au doux printemps qui succède aux hivers.

Paris, octobre 1862.

XVI

LA FIN DU JOUR.

SOUVENIR DE VILLERS.

Quand le soleil s'abaisse au delà des collines,

Que ses tièdes rayons adoucis par degrés

Glissent obliquement jusqu'à l'herbe des prés,

A travers le feuillage, on croit voir des ravines

Se former sous les pas, lorsque l'ombre grandit,

Serpente et forme au loin mille tracés bizarres.

C'est une illusion; tout est calme et sourit

A cette heure paisible, où les bruits sont plus rares;

Les bêlements plaintifs du troupeau vagabond

Viennent comme à regret troubler seuls le silence.

Et l'écho faiblement à peine leur répond.

A cet instant surtout Dieu fait voir sa présence !

Il semble que sa main s'étende pour bénir

Les agrestes travaux du jour qui va finir.

La nature paraît saintement recueillie

Comme après une tâche on jouit du repos ;

Et l'âme, plus sereine, aussi rêve et s'oublie.

Là-bas, le laboureur, tout allègre et dispos,

Fredonne son refrain pour abréger la route,

Oubliant sa fatigue, il presse ainsi le pas,

Afin d'arriver vite où l'attend son repas,

Le chien de son logis dresse l'oreille, écoute :

Par lui la ménagère est avertie à temps,

Enfin, le maître arrive : une clameur joyeuse

Signale sa venue ; en ses bras ses enfants,

Dont on voit accourir la bande tapageuse,

Viennent pour recevoir le baiser du retour.

Tandis qu'il tient encor la plus jeune bambine,

L'aîné prend son bissac ; ils traversent la cour,

Où le bœuf paresseux se prélasse et rumine.

Puis tous à table alors, autour des pots d'étain,
Contents d'eux et du sort, ils apaisent leur faim.
Ayant pour seuls plaisirs ce moment de bien-être,
Ils se trouvent payés de leurs rudes labeurs;
D'une franche gaîté, toujours prompte à renaître,
Réunis en famille, ils goûtent les douceurs !

Aussi l'homme des champs parfois vient faire envie
Au désœuvré qui passe une inutile vie.
Dans son âme jamais, à la chute du jour,
Voit-il briller du ciel un seul rayon d'amour ?
Non, pour lui tout est sombre, et la nature aride;
Nul travail ne remplit son existence vide;
Sans donner à son être un doux contentement
Elle échappe à ses doigts, et fuit rapidement.
Comme un sillon creusé ne laisse aucune trace
En un sable mouvant, stérile, elle s'efface;
Tel que cet arbre ingrat au rameau desséché
Qu'une divine main jadis a retranché.
Et pourtant ici-bas, chacun selon sa sphère

Peut tracer à son heure un sillon sur la terre,

Dont le sein généreux aime à donner son fruit

Lorsque l'homme travaille ou de corps ou d'esprit.

Elle ne permet pas qu'il jouisse et repose,

Sans que son bras actif chaque jour ne l'arrose.

Une tâche est pour tous, et le faible et le fort

Doivent prendre la part que leur fixe le sort.

Les plus humbles moyens ne sont pas inutiles,

Les plus âpres terrains peuvent être fertiles.

Ceux à qui le destin permet l'oisiveté,

Sachant user des biens dont ils ont hérité,

Feront de l'égoïsme un juste sacrifice ;

Et pour qu'en eux jamais le cœur ne s'endurcisse,

Ne s'appliqueront pas à bannir de leurs yeux

Le spectacle émouvant des êtres malheureux ;

Car le cœur a sa dette ainsi que les richesses ;

Créé sensible, il doit accomplir ses promesses.

Servons de l'Éternel les desseins bienfaisants,

Et par la charité soyons reconnaissants.

Alors, dernier tribut de notre humble pensée,

Quand notre âme en soupirs vers lui s'est élancée,

Célébrant sa bonté dans une hymne d'amour,

Il reçoit notre encens au céleste séjour,

Fait prospérer notre œuvre en sa grâce infinie ;

Et notre fin du jour de sa main est bénie.

XVII

LA TOLÉRANCE.

APOLOGUE TRADUIT ET IMITÉ DU TURC.

A l'horizon déjà le soleil par degrés

Descend et disparaît; mais ses tons empourprés

Colorent le désert de chauds rayons de flamme,

Et sur le sable encor, trop brûlant, aucune âme

N'adresse au Créateur la prière du soir.

Cependant, l'air tiédit : ranimé, plein d'espoir,

L'Arabe ouvre sa tente, aspire avec ivresse

Cette brise bénie, et chasse sa mollesse.

L'ablution prescrite, à ses nerfs engourdis

Rend souplesse et vigueur. Les pasteurs endormis

Ou qui faisaient leur *kief*[1] sous quelque rare ombrage,

1. État d'extase, de quiétude et de douce rêverie si cher aux Orientaux.

Ramènent leurs troupeaux, et de son doux ramage

Bulbul[1] fait retentir les oasis voisins.

Enfin, l'homme à qui Dieu promit de grands destins,

Le prophète Abraham, vénéré patriarche,

Sur le chemin poudreux, de sa noble démarche .

S'avance, pour bénir les fidèles croyants,

Qui, soumis à sa voix, écoutent suppliants

Des oracles divins la sagesse admirable.

Bientôt le saint vieillard à l'ombre d'un érable

Fait halte et se repose. Au loin dans le sentier

Son regard, ferme encor, leur paraît s'oublier ;

Contemplant immobile une forme incertaine

Qui se montre là-bas, sur la stérile plaine.

Mais pourquoi cette ardente et longue attention,

Que cherche-t-il enfin? La bénédiction

Qu'apporte l'étranger au repas qu'il partage ;

C'est l'hôte du Seigneur révéré d'âge en âge,

Que souhaite Abraham, et qu'il désire en vain,

---

1. Nom du rossignol en persan.

Pour habiter son toit, et pour rompre son pain.

Cependant, il grandit, ce point imperceptible ;

C'est un homme en effet, l'erreur n'est plus possible ;

Voyageur attardé, le salut soit sur toi !

Il s'approche, ô bonheur ! il arrive..., mais quoi ?

Pris de soudaine horreur, tous les yeux à sa vue

Semblent se détourner ; quand d'une voix émue,

L'apôtre alors fulmine un redoutable arrêt :

« Arrière, loin d'ici ! ma tente ne saurait

« Abriter l'infidèle ; » et d'un geste suprême

Au malheureux qui fuit courbé sous l'anathème,

Il indique la route où, sous un ciel ardent,

Va marcher le proscrit, chassé vers l'occident.

En lui n'avait-il pas reconnu l'affreux signe

Des vils adorateurs d'un élément indigne,

De ces Guèbres maudits, au culte détesté,

Qui d'un feu tout mortel font leur divinité !

Le mage a disparu. Tout à coup, l'air résonne....

Un bruit sourd et terrible, et qui gronde et qui tonne,

Que nulle oreille encor n'a jamais entendu,

Retentit dans l'espace; et d'horreur éperdu,

Abraham croit alors que tout va se détruire

Sous le ciel enflammé qui de loin se déchire !

Mais ce rayon splendide est trop vif pour ses yeux;

Car Jéhovah lui-même, assis en haut des cieux,

Dans sa gloire apparaît, plein de majesté sainte !

Son humble serviteur, confus, saisi de crainte,

Le front dans la poussière aussitôt prosterné,

Écoute avec respect, et d'un cœur étonné,

Cette imposante voix qui fait vibrer son être :

« Homme aveugle, dit-elle, apprends à mieux connaître

« Mes préceptes divins; ton faux zèle te rend

« Sans pitié, sans merci pour un être souffrant.

« Eh quoi, cet idolâtre auquel ta main refuse

« Un abri pour la nuit, sans que ma bonté s'use,

« Durant soixante hivers ne l'ai-je pas nourri?

« Sous plus d'un coup fatal il eût déjà péri

« Sans ma protection. Sache, ainsi que tes frères,

« Que j'écoute la voix de toutes les misères !

« Le cri de l'injustice est monté jusqu'à moi :

« Répare donc ta faute, obéis, soumets-toi !

« Du voyageur errant cours rechercher la trace,

« Qu'admis à ton foyer, il choisisse sa place.

« J'ai dit ; sache remplir mon ordre souverain ! »

Le ciel s'est refermé. Le prophète soudain,

Ébloui se relève ; et comprenant son crime,

D'une âme repentante, il contemple la cime

Du mont qu'éclaire encore une faible lueur ;

Il voit le mage alors, accablé de chaleur,

Qui s'arrête épuisé sur le sommet aride.

Oubliant son grand âge, il court d'un pas rapide.

Bientôt, il l'a rejoint. « Viens, dit-il, étranger,

« Sur ma natte avec toi que je veux partager,

« Viens goûter le repos qui t'est si nécessaire. »

Le Guèbre tout surpris écoute sa prière,

Redescend la montagne, et sans tarder le suit ;

Mais de ce changement, inespéré, subit,

Qu'il ne saurait comprendre, il veut savoir la cause :

« O mon hôte, dit-il, permets que je t'expose

« Ma surprise et ma joie, et que j'apprenne enfin

« Comment, d'abord cruel, tu redeviens humain.

« Hélas ! mon fils, répond alors le saint prophète,

« Tout savant que je suis, ma science incomplète,

« Avait poussé trop loin l'excès de la rigueur ;

« Il a parlé pour toi, lui-même, le Seigneur ! »

Il lui répète alors la parole admirable

De ce Dieu tout-puissant, si juste et charitable.

Le vieux mage à ces mots, d'un mouvement secret,

Se sent l'âme agitée ; à ses yeux apparaît,

Des ordres du Très-Haut la clémence éternelle.

Et bientôt il s'écrie, embrasé d'un saint zèle :

« Que de ce Dieu, si bon envers ses ennemis,

« Je devienne à jamais l'adorateur soumis ! »

XVIII

LE TEMPS PRÉSENT.

Si l'air est doux, et si le soleil brille,
Si le zéphyr fait trembler la charmille
Où l'oiseau chante et voltige gaîment ;
Saisissons vite un rayon qui s'efface ;
Du lendemain oubliant la menace,
Jouissons du moment !

Craintes de l'avenir ou regrets de la veille,
Par grâce, épargnez-nous ! D'une attentive oreille
Laissez-nous écouter l'harmonieux concert,
Et reposer nos yeux sur le pré toujours vert.
Car cet instant rapide est notre unique trêve,

Et laisse inachevé souvent plus d'un beau rêve.

N'importe : que ce bien, le seul qui soit à nous,

Nous fasse posséder les trésors les plus doux :

Demain peut-être, hélas ! sous l'effort de l'orage,

Se tairont effrayés les hôtes du bocage ;

Mais aujourd'hui le calme endort chaque élément :

Jouissons du moment !

Le flot murmure à peine, et les rides légères

De sillons argentés émaillent les eaux claires,

La voile aux blancs contours, sur ce miroir d'azur,

Gracieuse s'incline à l'horizon si pur.

Chaque fleur resplendit, la nature est en fête ;

Qu'importe si demain grondera la tempête !

De tous nos sens ravis s'échappe un même accent :

Jouissons du présent !

Surtout ne sondons pas d'avance un précipice :

Endormis près du bord, au parfum de ses fleurs,

Que des rêves heureux y caressent nos cœurs ;

Et s'il faut au réveil boire l'amer calice.

Éloignons son retour; le songe est séduisant;

Jouissons du présent!

Si nous pouvons compter à l'heure des tristesses

Sur un fidèle cœur, partageant nos tendresses,

De la douce amitié, sympathique lien,

Goûtons le bonheur pur, oh! oui, goûtons-le bien!

Car cette main, pour nous affectueuse et chère,

Peut rendre au jour suivant son étreinte légère!

Combien le cœur alors qui n'a jamais changé

D'amertume rempli, brisé, découragé,

Pleure une illusion que toujours il suppose!

Incrédule dès lors, sur rien il ne repose;

Le vide est à ses pieds, partout il croit le voir,

Et ne plus espérer est son unique espoir!

Pourtant, notre âme a soif d'un bonheur plus durable!

Mon Dieu, n'est-il donc pas de beaux jours sans déclin,

De pays où l'on aime aussi le lendemain;

Où l'action du temps, cruelle, inexorable,

Ne vienne pas flétrir sans cesse sous nos pas

Ce qui rend le sentier moins aride ici-bas?

Mais à l'âme altérée, une voix consolante

Répond : Il est une eau pour ta lèvre brûlante ;

Aux célestes parvis sans crainte abreuve-toi,

Retrempe ta croyance aux sources de la foi !

Et tes yeux abusés ici par des chimères

Alors ne verseront plus de larmes amères.

L'immuable présent, ce trésor éternel,

Sur la terre inconnu, ne se trouve qu'au ciel.

XIX

ENTRETIENS DU SOIR.

A MA MÈRE.

Il est une heure, oh ! bien tranquille et douce,
Qui chaque soir succède aux bruits du jour ;
Instant béni, pour l'âme sans secousse,
Et dont mes vœux appellent le retour :
C'est ce moment, où partout le silence
Règne au logis qui redevient désert,
Où j'aime tant, ma mère, en ta présence,
Me trouver seule, et l'œil tout grand ouvert ;
Non, le sommeil, de moi bien loin encore,
N'absorbe pas mes sens appesantis ;
Il parle en vain ce timbre trop sonore
Marquant du jour les destins accomplis.

C'est un plus sûr repos auquel mon être aspire :

Celui que tes conseils éclairés, bienfaisants

Ramènent en mon cœur. De même qu'un navire

Craint de perdre sa route au milieu des brisants,

Mon esprit flotte et cherche un but dans l'existence;

Il pourrait s'égarer, si le tien, sage et doux,

N'en savait contenir la prompte effervescence.

Quand, d'autres fois aussi, je crois voir en courroux

Un avenir trop sombre aux menaçants présages,

Comme tu sais alors d'un vif rayon d'espoir

Soudain illuminer ces sinistres images,

Effaçant d'un seul mot tout cet horizon noir !

Semblables au fanal qui scintille sur l'onde,

Tes avis prévoyants guident le frêle esquif;

Dégagé de vapeurs, sur l'océan du monde,

Dès lors il prend sa course, et vogue moins craintif.

Ainsi le brin léger qu'un fuseau mal habile

Ferait rompre aussitôt, sous des doigts exercés,

Grandit et reprend force en la main qui le file :

De même mon esprit, par tes soins empressés,

Se forme au jugement, acquiert plus de justesse.

Sans éteindre jamais l'imagination,

Par l'exemple enseignant les lois de la sagesse,

Ne fais-tu pas chérir ta douce injonction?

Oh! oui, je vous rends grâce, intimes causeries

Qui permettez au cœur d'oser nommer tout haut

Ses craintes, ses désirs, ses vagues rêveries,

D'éprouver cet amour fidèle et sans défaut

Que Dieu créa pour nous dans le sein de nos mères;

Ce sentiment sublime, à la fois doux et fort,

Qui seul sait essuyer tant de larmes amères.

On se sent à l'abri des rudes coups du sort

Lorsque l'affection nous soutient, nous console.

Ma mère, tu le sais, quand seules, toutes deux,

L'entretien tour à tour, sérieux ou frivole,

Vient amener le rire ou les pleurs dans mes yeux,

Je trouve même aux pleurs une douceur étrange;

Car de pleurer ensemble est une volupté.

Comme alors le regard, ce sympathique échange

Devient plus caressant sur un autre arrêté !

Et le geste s'y mêle affectueux et tendre,

Secondant la pensée ; alors sur mes cheveux

Ta douce main se pose et se plaît à leur rendre

Ce poli qui miroite en des reflets soyeux.

Tu souris à ton œuvre en la croyant parfaite,

O mère bien-aimée, et tu rends grâce au ciel ;

Aveugle illusion que chaque jour répète,

Orgueil qui se pardonne à tout cœur maternel.

Aussi, quand maints travaux ont rempli ma journée,

Que la tâche uniforme est pour moi terminée,

Écouter l'accent pur et chéri de ta voix,

Devient ma récompense et mon plus beau salaire.

Toute déception, alors, semble légère,

Et les ennuis passés ne sont plus une croix.

Ma mère, est-il donc vrai que la lampe qui veille

Un jour n'éclairera que l'une de nous deux ?

Que le sort brise, hélas ! ce qu'unirent les cieux ;

Qu'il soit une tendresse à la tienne pareille ?

Oh ! ne crains rien pourtant, la séparation
Ne glace que les cœurs vides d'affection ;
Une part réservée à ton amour fidèle
Te prouvera le mien, et la part sera belle !
Toujours plus que jamais, tes précieux avis
Seront par mon oreille écoutés et compris ;
J'aurai besoin de toi pour éclairer ma route,
Garantir mon esprit du murmure et du doute.
La main qui sut jadis guider mes faibles pas
Puissé-je la sentir s'appuyer sur mon bras !
Mais jusque-là du moins, ma tendre protectrice,
Que ce calme entretien, pur et constant délice,
Console et fortifie un cœur toujours à toi,
Qui voudrait si longtemps n'écouter que ta loi !
Que mes peines enfin, encore partagées,
Semblent du même poids aussitôt allégées ;
Ou bien, si le bonheur veut reluire à son tour,
Que ses brillants rayons reflètent ton amour !

XX

LE SACRIFICE.

Oui, chaque heure ici-bas vient nous le commander,

Il semble qu'à nos cœurs, Dieu veuille demander

Le sacrifice !

Le plus cruel à l'homme est celui du bonheur,

Astre n'ayant jamais un rayon de splendeur

Qui ne pâlisse !

Que de rêves du cœur ou de l'ambition,

Désirs immodérés, pure aspiration,

Dans la même récolte on voit fauchés ensemble !

Car la main qui détruit est la main qui rassemble !

Nos pleurs, ce sang de l'âme, hélas ! trop répandu

Sur le champ de bataille où s'engage la vie;

Nos pleurs, tribut amer qui l'a tant assombrie,

Comme un don sans valeur, à tout jamais perdu,

Ne sauraient-ils toucher la divine clémence?

Quand nous voyons le sol nous montrer la naissance,

Qui succède à la mort, au sein de ses débris,

Le germe de la fleur sous ses rameaux flétris,

Nos dépouilles rendant la nature féconde;

Et la destruction qui repeuple le monde?

Non, si ce grand exemple à nos yeux est offert,

C'est pour rendre à l'esprit espoir et confiance.

Ah! si l'on devait perdre un jour cette croyance,

La nature serait pour l'homme un froid désert.

Comment bénir en toi, mon Dieu, cette puissance

Qui ne pourrait sauver d'un injuste hasard

Ce qui touche le cœur et charme le regard,

Enfin tous ces trésors dus à ta providence?

Si l'on devait penser que le grand Créateur

Écoute sans pitié le cri de la douleur,

Qu'il aime à voir couler le sang d'un sacrifice
Inutile et cruel !... Ah ! qu'il s'anéantisse
Alors ce vain pouvoir du dieu sourd des païens;
Son nom n'est plus celui qu'adorent les chrétiens!

Quel triste but aurait pour nous la vie humaine,
S'il fallait suivre au vol la fortune incertaine;
Et, sans un juste espoir pour nos affections,
Renoncer à la loi des compensations !
On verrait donc ainsi, la vertu, la tendresse,
Force, beauté, savoir, éclat, grâce, jeunesse,
Ensemble confondus, rentrer dans le néant ?
Cette riche semence au souffle dévorant
D'un simoun implacable à jamais condamnée ?

Ah ! quand l'arrêt fatal de notre destinée
Frappe en nos bras celui que nous chérissions,
Le père vénéré, dont la verte vieillesse
Pouvait prêcher d'exemple une douce sagesse,
Qui marchait ferme et droit, sans hésitations,

7

Dans le chemin sacré du devoir, de l'étude,

Par l'amour du travail peuplant sa solitude....

Lorsque la mort l'arrête encore plein d'ardeur,

Aurait-il donc perdu le fruit de son labeur?

Ces trésors de science amassés avec peine

Ne retournent-ils pas, quand l'âme rompt sa chaîne,

Vers leur sublime Auteur, qui, reprenant son bien,

Tend au dépositaire une main paternelle,

Et sait récompenser son serviteur fidèle?

Quiconque vit briser le suprême lien

Qui retenait au monde une chère existence,

Pourrait-il contempler, s'il perdait l'espérance,

En lutte avec la mort, un corps tout agité,

Puis ce froid si terrible en sa rigidité?

Et, penché sur les bords d'une funèbre couche,

Recevoir le soupir s'exhalant de la bouche?

Non, ce reflet si doux, ce calme souriant

Qui s'y montrent alors, nous disent que la lutte

A fait place au repos, et qu'il n'est plus de chute

Pour l'âme enfin sereine et libre du croyant.

Le bon grain à la terre a-t-il donné son germe,

La main qui le sema trouve au ciel son trésor.

Le valeureux soldat, volant d'un noble essor

Au champ qui marquera pour lui le dernier terme,

Donnerait-il en vain son sang, son avenir,

Pour un triomphe obscur, une gloire éphémère ?

La mort, raillant ainsi les larmes d'une mère,

Léguerait, pour tout bien, un navrant souvenir ?

Oh, non ! les fils guerriers de notre belle France

Né perdront pas au ciel le prix de leur vaillance.

Mourant pour leur patrie en martyrs du devoir,

Ils portent dans la lutte un légitime espoir ;

Et le Dieu qui châtie avant tout l'égoïsme,

Ceint d'immortels lauriers le front de l'héroïsme.

Des lois de ta justice on ne saurait douter,

O Père des humains, ô toi qui nous fis naître

Pour jouir de ton œuvre, et savoir te connaître !

Apprends-nous donc comment, et sans le regretter,
Nous devons chaque jour vider l'amer calice,
　　　　Du sacrifice !

S'il faut briser nos cœurs, soumettre notre esprit,
Renoncer ici-bas au rêve qui sourit,
Viens, de grâce, éclairer notre pénible route ;
Dissipe à nos regards les ténèbres du doute !
Fais que l'orgueil humain, qui veut tout expliquer,
Sache se taire en nous, sans jamais répliquer.
Lorsque notre faiblesse est triste et gémissante,
Rends la tentation, l'épreuve, moins cuisante.
Pour apprendre à bénir, à révérer ta loi,
En notre âme fais luire un rayon de la foi ;
Qu'il montre Golgotha, l'auréole divine
Du front majestueux que l'amour illumine :
Et résignés alors, nous pourrons, ô Sauveur !
En sacrifice offrir les vœux de notre cœur.
Mais, avant d'entonner le chant de délivrance,
Tant que nos pas craintifs chercheront le chemin

Qui doit conduire au but le faible pèlerin,

Ah ! d'un seul sacrifice affranchis l'existence :

Ne nous demande pas celui de l'espérance !

XXI

LA SYMPATHIE.

Comme il rayonne pur, comme il console l'âme,
Ce doux reflet du cœur qui fait jaillir la flamme
En des regards amis !

Qu'il rend vif le plaisir et double notre joie,
Aux lèvres fait monter tous les mots qu'on emploie,
Heureux, toujours soumis !

Pas n'est besoin jamais de chercher ni d'attendre ;
L'expression facile arrive gaie ou tendre,
Et s'élance d'un bond.

Pouvoir bannir la crainte, oublier la prudence,

Laisser parler le cœur tout haut, sans réticence,

　　　　Rend l'esprit si fécond !

Mais c'est surtout quand l'âme a besoin de tendresse

Pour étancher ses pleurs, adoucir sa tristesse,

Qu'on sait apprécier la touchante caresse

　　　　D'un mot affectueux.

Tremblantes dans les cils, qu'on les aime ces larmes

Dont la pure clarté reflète nos alarmes !

Ainsi de la rosée on savoure les charmes,

　　　　Comme un présent des cieux !

Quand la terre poudreuse au désert est brûlante,

Pour attendrir la nue, il semble que la plante

Solitaire, effeuillée, hélas ! déjà mourante,

　　　　Implore sa pitié !

Tel, chaque être ici-bas, au fort de la souffrance,

Te cherche, ô sympathie, ô toi qui pris naissance
D'angéliques regards et de divine essence,
Et créas l'amitié !

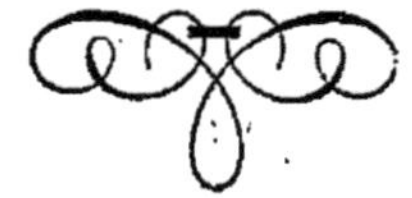

XXII

LA PENSÉE.

Pensée insaisissable, errante et voyageuse,
O toi, divine essence, hymne de liberté !
Rien n'interrompt jamais ta course impétueuse !
Tu peux briser l'entrave où le corps arrêté,
Luttant et gémissant t'implore en sa détresse ;
Grâce à toi, l'heure fuit, et l'esclavage cesse.
Les anges t'ont donné ces promptes ailes d'or
Qui permettent à l'âme un plus rapide essor.
Douce consolatrice éprouvée et fidèle
Tu ne fais pas languir le malheur qui t'appelle :
Accourant à la voix du pauvre prisonnier,
Tu viens le consoler par un trompeur mirage,
Lui montrer les flots purs du séduisant rivage

Qu'il suit en maîtrisant le galop d'un coursier ;

C'est ainsi, qu'exilé du sol de sa patrie,

Il croit fouler encor cette terre chérie.

Pensée, attrait charmant, ô toi qui du bonheur

Fais oublier l'absence, ouvrant libre carrière

Aux désirs incompris, aux songes du rêveur,

Que tu sais affranchir du joug de la matière !

Ce qu'on recherche en toi, pensée, est ce lien

Par lequel l'âme heureuse, au charme est enlacée ;

Car, s'il se brise un jour, il la laisse affaissée,

Pleurant son idéal dont il ne reste rien.

N'importe ! de tes fers on aime le servage.

N'ont-ils pas ranimé mille fois le courage ?

Par toi pleure et sourit l'enfant ou le vieillard ;

Le passé, l'avenir, tour à tour se retracent ;

Chimériques tableaux, par vous les ans s'effacent !

Fuyant la question que pose le regard,

Invisible pensée, asile inviolable

De l'innocent ou du coupable !

Si ton mystère est abrité

Sous notre front impénétrable,

C'est que le Dieu de vérité

Sait juger notre conscience,

Et signalera sa présence

En rendant à l'humble innocence,

L'auréole de pureté.

Par la pensée encor, tendre et muet langage,

Lorsque la nuit succède à tous les bruits du jour,

On adresse aux absents, ravis à notre amour,

Le mot affectueux, du cœur fidèle gage.

On fait revivre ainsi plus d'une douce image

Qu'on aime à retrouver, tant il serait cruel

De penser que son âme est sourde à notre appel !

Lorsque douleur ou joie est secrète et profonde,

Ne désire-t-on pas, jusque dans l'autre monde,

Rencontrer un écho compatissant, humain,

Chez ceux qui, dans la vie, ont serré notre main ?

Enfin par la pensée,

Aux vivants adressée,

On caresse l'espoir

De toucher, d'émouvoir

Un juge difficile.

Mais la muse indocile

Refusant son concours

Nous fait trembler toujours....

En cette défaillance,

Pour trouver indulgence,

Mieux vaut à des amis

Seuls, livrer ses écrits.

Vous à qui je m'adresse,

Je n'ai, je le confesse,

Nulle autre ambition

Que votre affection.

Puissé-je dans votre âme

Voir briller cette flamme

Qui naît du souvenir!

Si je sais obtenir

Une modeste place,

Mais dont rien ne me chasse,

Près d'un foyer béni,

Alors j'aurai fourni

Ma course tout entière.

Fut-il jamais sur cette terre

Aussi rare et douce faveur,

Que par toi de revivre, ô mémoire du cœur !

FIN.

TABLE DES MATIÈRES.

FIN DE LA TABLE DES MATIÈRES.

8020. — Imprimerie générale de Ch. Lahure, rue de Fleurus, 9, à Paris.

IMPRIMERIE GÉNÉRALE DE CH. LAHURE
Rue de Fleurus, 9, à Paris

www.ingramcontent.com/pod-product-compliance
Ingram Content Group UK Ltd.
Pitfield, Milton Keynes, MK11 3LW, UK
UKHW020906120726
13693UKWH00003B/924